U0931266

我的名字：……………………

我的学校：……………………

我的班级：……………………

我的生日：……………………

我的星座：……………………

我的爱好：……………………

我最喜欢的一本书：

《……………………………………》

我最喜欢的一句话：

……………………………………

……………………………………

如何进行有效阅读

赵小华
宋庆龄儿童发展中心亲子阅读专家

阅读通常分为两个过程——阅读输入和阅读输出。当我们把一本书捧在手上，安静地读完，了解了书的大致内容，记住了一些印象深刻的细节，对主要人物有了基本的感受和态度，就算完成了阅读的输入过程。但是，仅有阅读输入并不能算是真正阅读完一本书，要想让你手中的这本书成为你的思想和血肉，长在你的生命里，在你的成长中起到作用，就必须要完成至关重要的阅读输出，即把头脑中闪现的碎片化思绪，用有内在逻辑的语言整理成一段通顺的语句进行表达。

作为一个有自我要求的读者，每读完一本书通常要提出并回答四个基本问题：1. 整体来说，这本书在谈什么？ 2. 作者在细节和重点部分说了什么？怎么说的？ 3. 这本书说的有道理吗？是全部有道理，还是部分有道理？ 4. 这本书跟你有什么关系？回答完这四个基本问题，你就完成了阅读输出并真正拥有了这本书。

我们这本阅读成长记录册，围绕上述四个基本问题，根据小读者的年龄特点进行了更具体的分解和细化：一二年级的孩子处在阅读兴趣与习惯培养的关键阶段，但读写能力有限，阅读输出以积累好词好句为主，同时他们还可以用画笔画出自己印象深刻的片段，从而提升把握细节的能力，以及理解“情节”这一概念的基本含义；三年级以上的小读者语言能力大幅提升，需重点掌握系统的阅读方法，通过整合、分析、消化阅读输入的内容，形成良好的阅读习惯，达到有效阅读。这些可写、可说、可画的有针对性的问题让小读者更乐意分享和表达自己的观点及感受，完成一场增加理解力的心智阅读。同时还调用和锻炼了专注力、观察力、记忆力、想象力、分析力、口头表达和书面表达力、思考力——尤其是省思和批判性思维……可以说，一个学生只有能自主阅读，才能开始自主学习。而这本阅读成长记录册，就是帮助大家最终成为一个会有效阅读、拥有自主学习能力的人。

一～二年级

 培养阅读兴趣，积累好词好句 

我的阅读计划

1 《瞄准长毛象的屁股》

月 日～ 月 日

2 《 》

月 日～ 月 日

3 《 》

月 日～ 月 日

4 《 》

月 日～ 月 日

5 《 》

月 日～ 月 日

6 《 》

月 日～ 月 日

7 《 》

月 日～ 月 日

8 《 》

月 日～ 月 日

书名：《瞄准长毛象的屁股》 日期：

今天我读了________分钟

★ 我学到了这些好词：

★ 这些句子我特别喜欢：

★ 情景再现（请画出最让我开心 / 兴奋 / 伤心 / 气愤 / 疑惑的情节，选一个关键词即可）

★ 爸爸妈妈对我的评价和寄语：☆☆☆☆☆

（3 星以上请给我小奖励哦！）

书名：

日期：

今天我读了________分钟

★ 我学到了这些好词：

★ 这些句子我特别喜欢：

★ 情景再现（请画出最让我开心 / 兴奋 / 伤心 / 气愤 / 疑惑的情节，选一个关键词即可）

★ 爸爸妈妈对我的评价和寄语：☆☆☆☆☆

（3 星以上请给我小奖励哦！）

书名：______________________　　日期：______________

今天我读了________分钟

★ 我学到了这些好词：

★ 这些句子我特别喜欢：

★ 情景再现（请画出最让我开心 / 兴奋 / 伤心 / 气愤 / 疑惑的情节，选一个关键词即可）

★ 爸爸妈妈对我的评价和寄语：☆☆☆☆☆

（3 星以上请给我小奖励哦！）

书名：______________________ 日期：______________

今天我读了________分钟

★ 我学到了这些好词：

★ 这些句子我特别喜欢：

★ 情景再现（请画出最让我开心 / 兴奋 / 伤心 / 气愤 / 疑惑的情节，选一个关键词即可）

★ 爸爸妈妈对我的评价和寄语：☆☆☆☆☆

（3 星以上请给我小奖励哦！）

书名：________________ 日期：__________

今天我读了________分钟

★ 我学到了这些好词：

★ 这些句子我特别喜欢：

★ 情景再现（请画出最让我开心 / 兴奋 / 伤心 / 气愤 / 疑惑的情节，选一个关键词即可）

★ 爸爸妈妈对我的评价和寄语：☆☆☆☆☆

（3 星以上请给我小奖励哦！）

书名：____________________ 日期：____________

今天我读了________分钟

★ 我学到了这些好词：

★ 这些句子我特别喜欢：

★ 情景再现（请画出最让我开心/兴奋/伤心/气愤/疑惑的情节，选一个关键词即可）

★ 爸爸妈妈对我的评价和寄语：☆☆☆☆☆
（3 星以上请给我小奖励哦！）

书名：________________ 日期：________________

今天我读了________分钟

★ 我学到了这些好词：

★ 这些句子我特别喜欢：

★ 情景再现（请画出最让我开心 / 兴奋 / 伤心 / 气愤 / 疑惑的情节，选一个关键词即可）

★ 爸爸妈妈对我的评价和寄语：☆☆☆☆☆
（3 星以上请给我小奖励哦！）

书名：________________　日期：____________

今天我读了________分钟

★ 我学到了这些好词：

★ 这些句子我特别喜欢：

★ 情景再现（请画出最让我开心/兴奋/伤心/气愤/疑惑的情节，选一个关键词即可）

★ 爸爸妈妈对我的评价和寄语：☆☆☆☆☆

（3 星以上请给我小奖励哦！）

三年级以上

系统掌握阅读方法，培养阅读习惯，学会成功输出

我的阅读计划

1 《　　　　　　　　　　》

月　　日～　　月　　日

2 《　　　　　　　　　　》

月　　日～　　月　　日

3 《　　　　　　　　　　》

月　　日～　　月　　日

4 《　　　　　　　　　　》

月　　日～　　月　　日

5 《　　　　　　　　　　》

月　　日～　　月　　日

6 《　　　　　　　　　　》

月　　日～　　月　　日

7 《　　　　　　　　　　》

月　　日～　　月　　日

8 《　　　　　　　　　　》

月　　日～　　月　　日

阅读前

了解作者

阅读中

记录情节
分析人物
摘抄学习

阅读后

归纳总结
提出问题

书名：________________ 日期：________

了解作者

是什么样的作者创作出了这么有趣的作品呢?

他本人的经历和生平会和作品有什么联系吗?

作者的名字：________________

作者的国籍：________________

作者的出生年月：________________

★ 作者的代表作：________________

★ 其他我想了解的事：________________

____

★ 了解后的解答：________________

____

★ 了解后我印象最深的事：________________

____

★ 我的资料来源：________________

书名：________________　日期：________

记录情节

读到喜欢的情节就记录下来吧！先填写地点、人物，再利用时间轴排好故事发生的先后顺序，最后用自己的话复述这个情节。

地点：________________

人物：________________

★ 时间轴

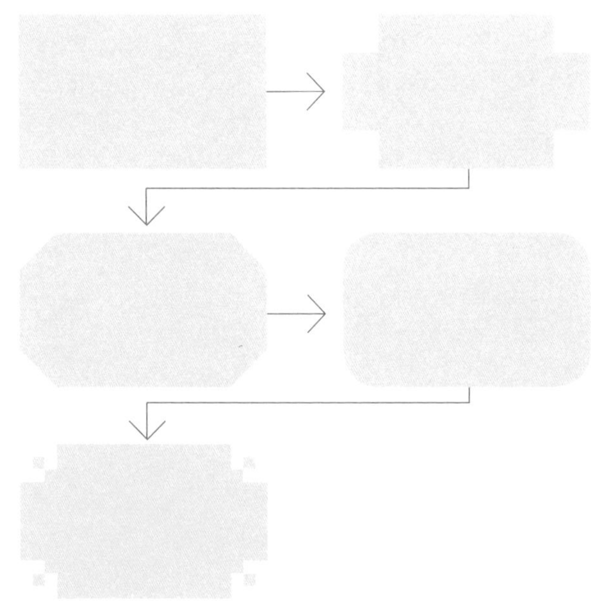

★ 情节复述

★ 情节绘画

书名：______________________ 日期：________

分析人物

大大小小各种人物联系起来才能构成这个完整的故事。边读边填写人物列表，记录下每一个角色的名称、身份信息和性格特征。列完再选一个中心人物，画出他和其他角色之间的关系谱。

★ 人物列表

角色名称	身份信息	性格特征

★ 关系谱

如果我是主人公……

★ 选择一个情节，写出当天的日记：

★ 选择一个情节，写出和他不一样的做法：

★ 最后我想告诉读者：

书名：

日期：

摘抄学习

这本书里一定有还不认识的字词，不如写在这里，下次见到就可以告诉它：“我记住你啦！”

★ 我最喜欢的一段话是：

★ 这段话非常棒，因为：

★ 它让我想到了生活中的……（一个人或一件事）

★ 我的仿写：

书名：________________________ 日期：________

归纳总结

大功告成！我终于把书看完啦！用清晰明了的思维导图概括一下这个故事吧！

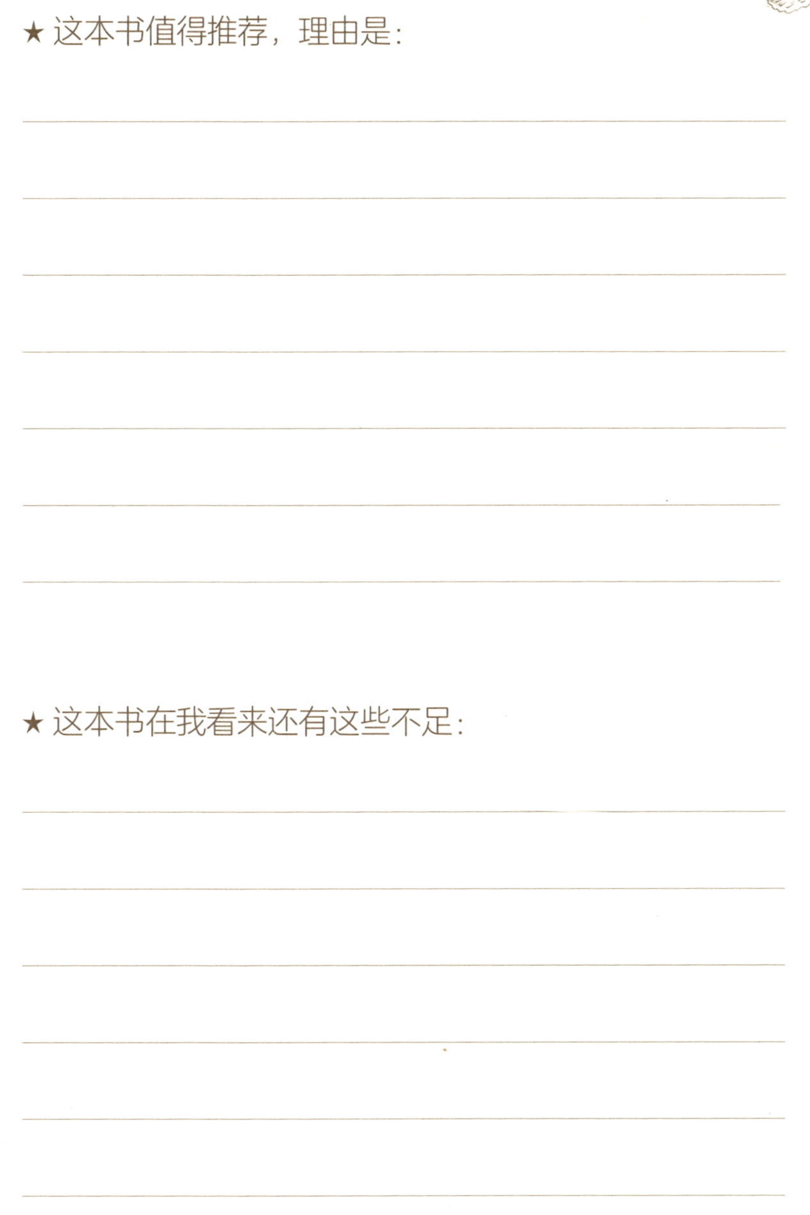

★ 这本书值得推荐，理由是：

★ 这本书在我看来还有这些不足：

书名：　　　　　　　　　　　　日期：

提出问题

这几个地方我不太明白，写下来问问作者吧，或者和朋友们一起来一场头脑风暴！

书名：________________ 日期：________

了解作者

是什么样的作者创作出了这么有趣的作品呢？

他本人的经历和生平会和作品有什么联系吗？

作者的名字：________________

作者的国籍：________________

作者的出生年月：________________

★ 作者的代表作：________________

★ 其他我想了解的事：________________

____

★ 了解后的解答：________________

____

★ 了解后我印象最深的事：________________

____

★ 我的资料来源：________________

书名：________________　日期：________

记录情节

读到喜欢的情节就记录下来吧！先填写地点、人物，再利用时间轴排好故事发生的先后顺序，最后用自己的话复述这个情节。

地点：________________

人物：________________

★ 时间轴

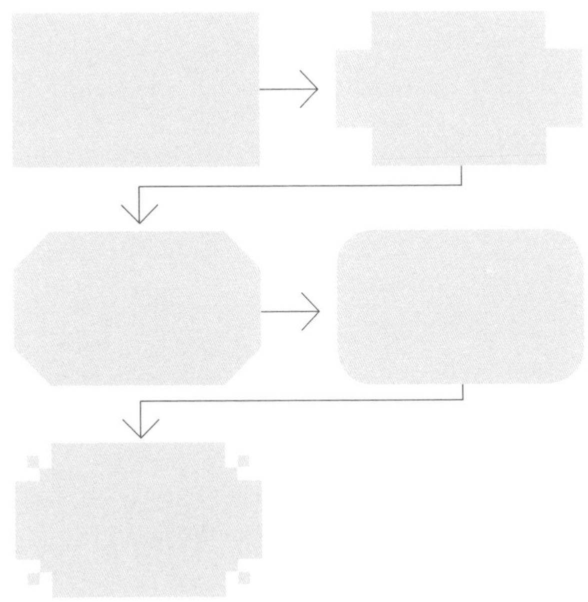

★ 情节复述

★ 情节绘画

书名：________________ 日期：________

分析人物

大大小小各种人物联系起来才能构成这个完整的故事。边读边填写人物列表，记录下每一个角色的名称、身份信息和性格特征。列完再选一个中心人物，画出他和其他角色之间的关系谱。

★ 人物列表

角色名称	身份信息	性格特征

★ 关系谱

如果我是主人公……

★ 选择一个情节，写出当天的日记：

★ 选择一个情节，写出和他不一样的做法：

★ 最后我想告诉读者：

书名：　　　　　　　　　　　　　　　日期：

摘抄学习

这本书里一定有还不认识的字词，不如写在这里，下次见到就可以告诉它："我记住你啦！"

★ 我最喜欢的一段话是：

★ 这段话非常棒，因为：

★ 它让我想到了生活中的……（一个人或一件事）

★ 我的仿写：

书名：________________ 日期：________

归纳总结

大功告成！我终于把书看完啦！用清晰明了的思维导图概括一下这个故事吧！

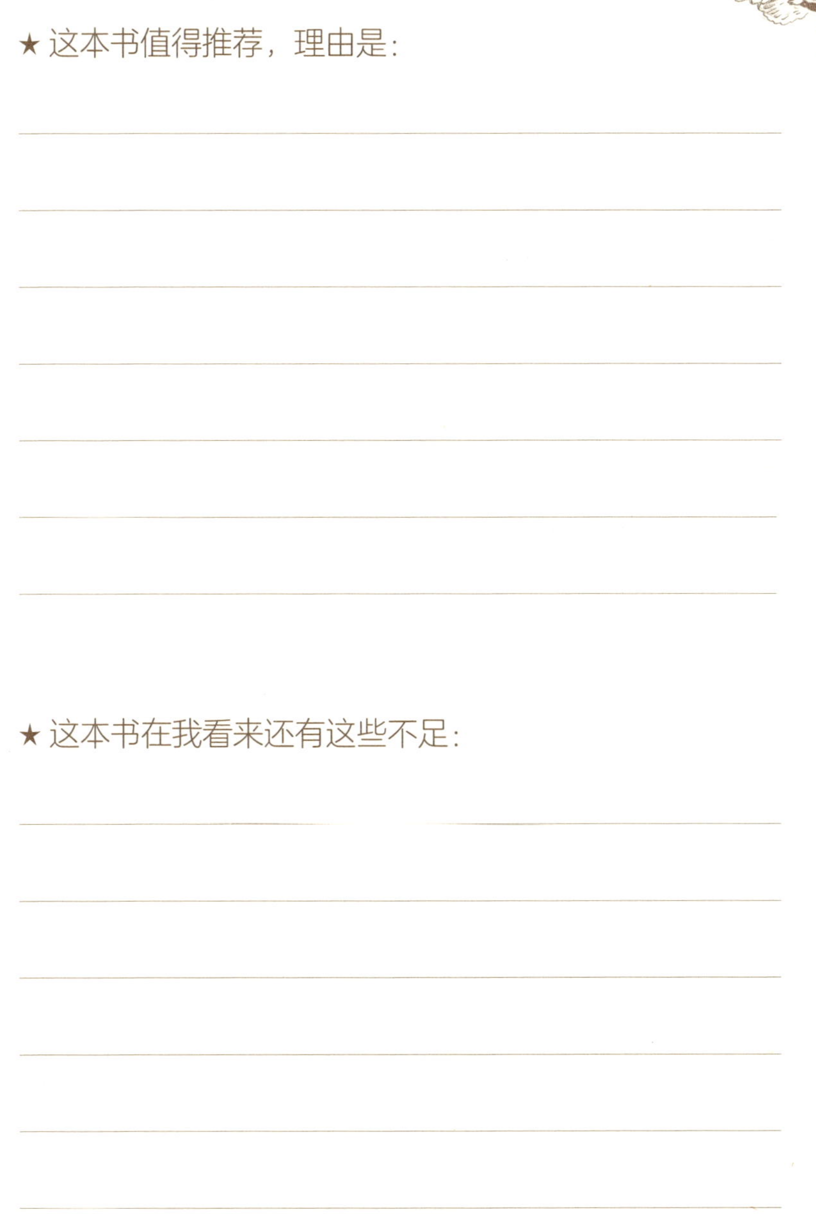

★ 这本书值得推荐，理由是：

★ 这本书在我看来还有这些不足：

书名：

日期：

提出问题

这几个地方我不太明白，写下来问问作者吧，或者和朋友们一起来一场头脑风暴！

书名：______________________ 日期：________

了解作者

是什么样的作者创作出了这么有趣的作品呢?

他本人的经历和生平会和作品有什么联系吗?

作者的名字：______________

作者的国籍：______________

作者的出生年月：______________

★ 作者的代表作：______________________

★ 其他我想了解的事：______________________

____

★ 了解后的解答：______________________

____

★ 了解后我印象最深的事：______________________

____

★ 我的资料来源：______________________

书名：________________ 日期：________

记录情节

读到喜欢的情节就记录下来吧！先填写地点、人物，再利用时间轴排好故事发生的先后顺序，最后用自己的话复述这个情节。

地点：________________

人物：________________

★ 时间轴

★ 情节复述

★ 情节绘画

书名：________________ 日期：________

分析人物

大大小小各种人物联系起来才能构成这个完整的故事。边读边填写人物列表，记录下每一个角色的名称、身份信息和性格特征。列完再选一个中心人物，画出他和其他角色之间的关系谱。

★ 人物列表

角色名称	身份信息	性格特征

★ 关系谱

如果我是主人公……

★ 选择一个情节，写出当天的日记：

★ 选择一个情节，写出和他不一样的做法：

★ 最后我想告诉读者：

书名：________________ 日期：________

摘抄学习

这本书里一定有还不认识的字词，不如写在这里，下次见到就可以告诉它："我记住你啦！"

★ 我最喜欢的一段话是：

★ 这段话非常棒，因为：

★ 它让我想到了生活中的……（一个人或一件事）

★ 我的仿写：

书名：________________ 日期：________

归纳总结

大功告成！我终于把书看完啦！用清晰明了的思维导图概括一下这个故事吧！

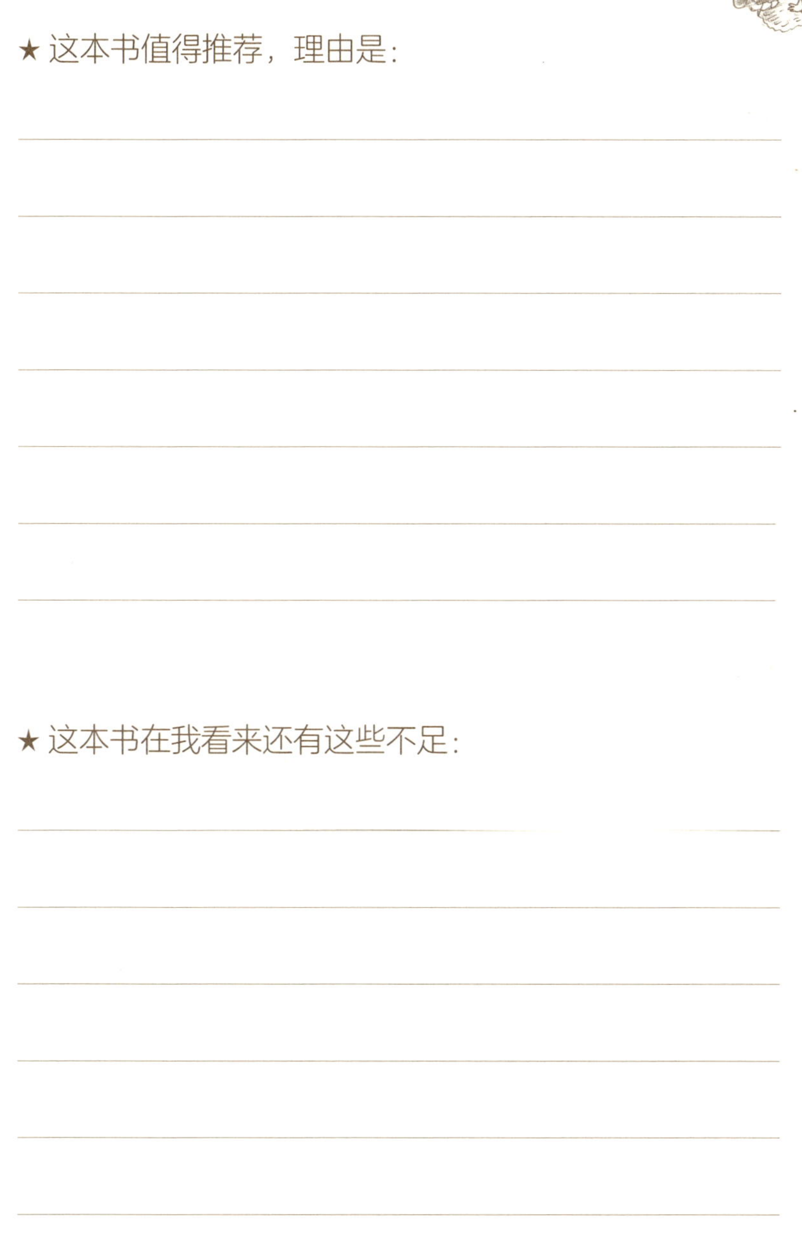

★这本书值得推荐，理由是：

★这本书在我看来还有这些不足：

书名：

日期：

提出问题

这几个地方我不太明白，写下来问问作者吧，或者和朋友们一起来一场头脑风暴！

书名：______________________ 日期：________

了解作者

是什么样的作者创作出了这么有趣的作品呢?

他本人的经历和生平会和作品有什么联系吗?

作者的名字：______________

作者的国籍：______________

作者的出生年月：______________

★ 作者的代表作：______________________________

★ 其他我想了解的事：__________________________

____

★ 了解后的解答：______________________________

____

★ 了解后我印象最深的事：______________________

____

★ 我的资料来源：______________________________

书名：________________________________ 日期：__________

记录情节

读到喜欢的情节就记录下来吧！先填写地点、人物，再利用时间轴排好故事发生的先后顺序，最后用自己的话复述这个情节。

地点：____________________

人物：____________________

★ 时间轴

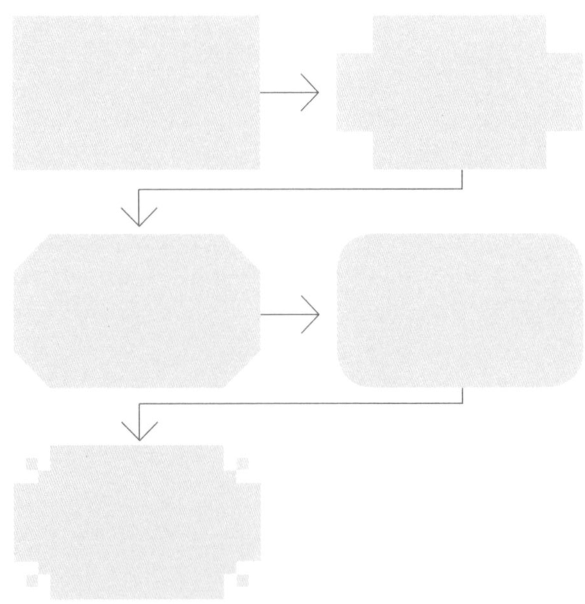

★ 情节复述

★ 情节绘画

书名：______________________ 日期：__________

分析人物

大大小小各种人物联系起来才能构成这个完整的故事。边读边填写人物列表，记录下每一个角色的名称、身份信息和性格特征。列完再选一个中心人物，画出他和其他角色之间的关系谱。

★ 人物列表

角色名称	身份信息	性格特征

★ 关系谱

如果我是主人公……

★ 选择一个情节，写出当天的日记：

★ 选择一个情节，写出和他不一样的做法：

★ 最后我想告诉读者：

书名：________________ 日期：________

摘抄学习

这本书里一定有还不认识的字词，不如写在这里，下次见到就可以告诉它："我记住你啦！"

★ 我最喜欢的一段话是：

★ 这段话非常棒，因为：

★ 它让我想到了生活中的……（一个人或一件事）

★ 我的仿写：

书名：________________ 日期：________

归纳总结

大功告成！我终于把书看完啦！用清晰明了的思维导图概括一下这个故事吧！

★ 这本书值得推荐，理由是：

★ 这本书在我看来还有这些不足：

书名：______________________　日期：________

提出问题

这几个地方我不太明白，写下来问问作者吧，或者和朋友们一起来一场头脑风暴！

书名：________________________ 日期：________

了解作者

是什么样的作者创作出了这么有趣的作品呢?

他本人的经历和生平会和作品有什么联系吗?

作者的名字：________________

作者的国籍：________________

作者的出生年月：________________

★ 作者的代表作：________________________________

★ 其他我想了解的事：____________________________

____

★ 了解后的解答：________________________________

____

★ 了解后我印象最深的事：________________________

____

★ 我的资料来源：________________________________

书名：________________________ 日期：________

记录情节

读到喜欢的情节就记录下来吧！先填写地点、人物，再利用时间轴排好故事发生的先后顺序，最后用自己的话复述这个情节。

地点：________________

人物：________________

★ 时间轴

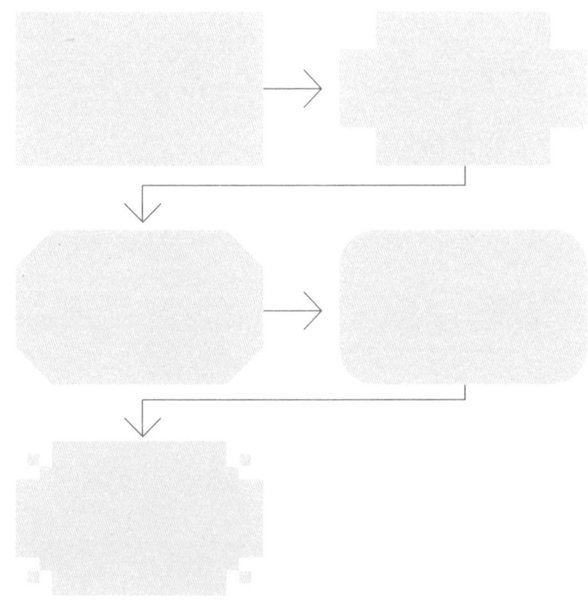

★ 情节复述

★ 情节绘画

书名：____________________ 日期：__________

分析人物

大大小小各种人物联系起来才能构成这个完整的故事。边读边填写人物列表，记录下每一个角色的名称、身份信息和性格特征。列完再选一个中心人物，画出他和其他角色之间的关系谱。

★ 人物列表

角色名称	身份信息	性格特征

★ 关系谱

如果我是主人公……

★ 选择一个情节，写出当天的日记：

★ 选择一个情节，写出和他不一样的做法：

★ 最后我想告诉读者：

书名：

日期：

摘抄学习

这本书里一定有还不认识的字词，不如写在这里，下次见到就可以告诉它："我记住你啦！"

★ 我最喜欢的一段话是：

★ 这段话非常棒，因为：

★ 它让我想到了生活中的……（一个人或一件事）

★ 我的仿写：

书名：______________________ 日期：__________

归纳总结

大功告成！我终于把书看完啦！用清晰明了的思维导图概括一下这个故事吧！

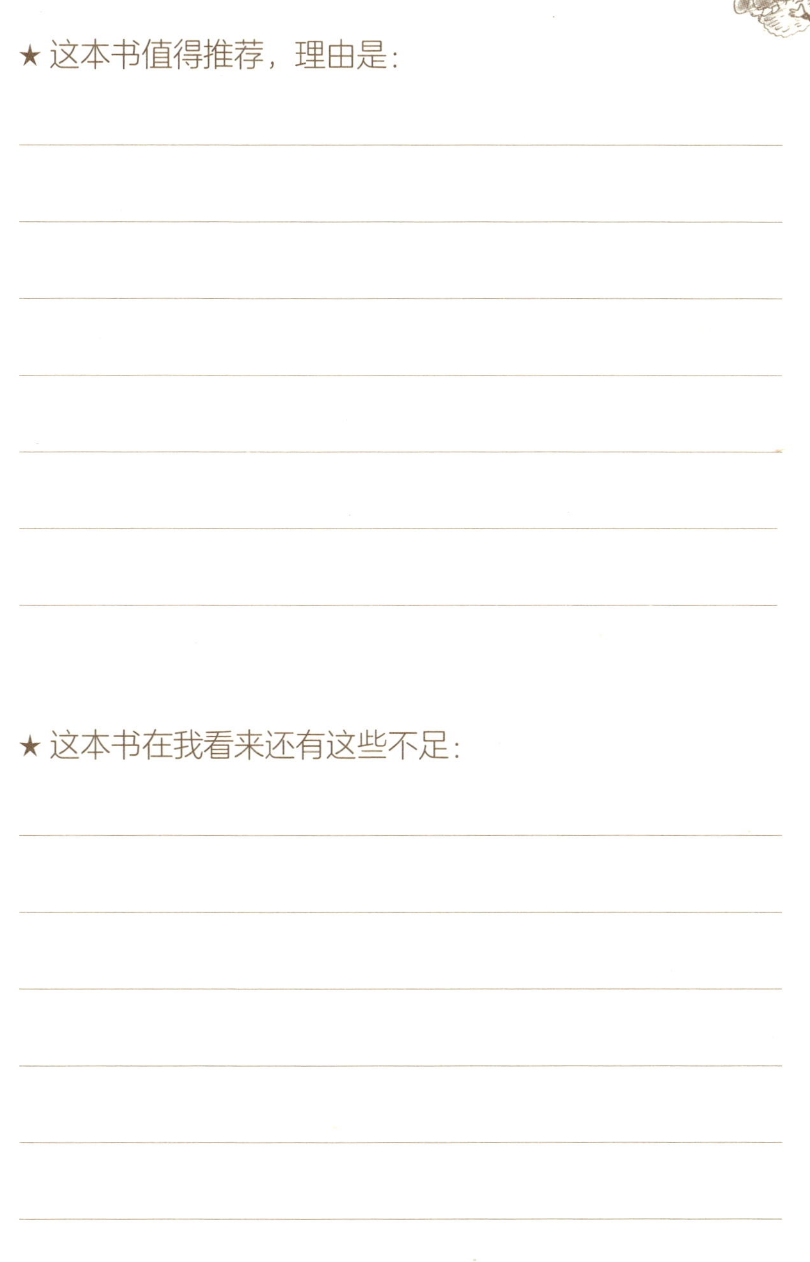

★ 这本书值得推荐，理由是：

★ 这本书在我看来还有这些不足：

书名：

日期：

提出问题

这几个地方我不太明白，写下来问问作者吧，或者和朋友们一起来一场头脑风暴！

书名：________________ 日期：________

了解作者

是什么样的作者创作出了这么有趣的作品呢?

他本人的经历和生平会和作品有什么联系吗?

作者的名字：________________

作者的国籍：________________

作者的出生年月：________________

★ 作者的代表作：________________

★ 其他我想了解的事：________________

____

★ 了解后的解答：________________

____

★ 了解后我印象最深的事：________________

____

★ 我的资料来源：________________

书名：________________________ 日期：________

记录情节

读到喜欢的情节就记录下来吧！先填写地点、人物，再利用时间轴排好故事发生的先后顺序，最后用自己的话复述这个情节。

地点：________________

人物：________________

★ 时间轴

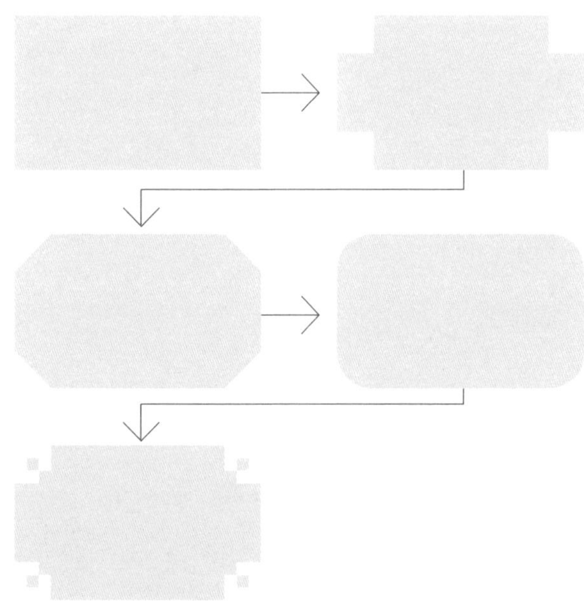

★ 情节复述

★ 情节绘画

书名：________________ 日期：________

分析人物

大大小小各种人物联系起来才能构成这个完整的故事。边读边填写人物列表，记录下每一个角色的名称、身份信息和性格特征。列完再选一个中心人物，画出他和其他角色之间的关系谱。

★ 人物列表

角色名称	身份信息	性格特征

★ 关系谱

如果我是主人公……

★ 选择一个情节，写出当天的日记：

★ 选择一个情节，写出和他不一样的做法：

★ 最后我想告诉读者：

书名：

日期：

摘抄学习

这本书里一定有还不认识的字词，不如写在这里，下次见到就可以告诉它："我记住你啦！"

★ 我最喜欢的一段话是：

★ 这段话非常棒，因为：

★ 它让我想到了生活中的……（一个人或一件事）

★ 我的仿写：

书名：________________________________ 日期：__________

归纳总结

大功告成！我终于把书看完啦！用清晰明了的思维导图概括一下这个故事吧！

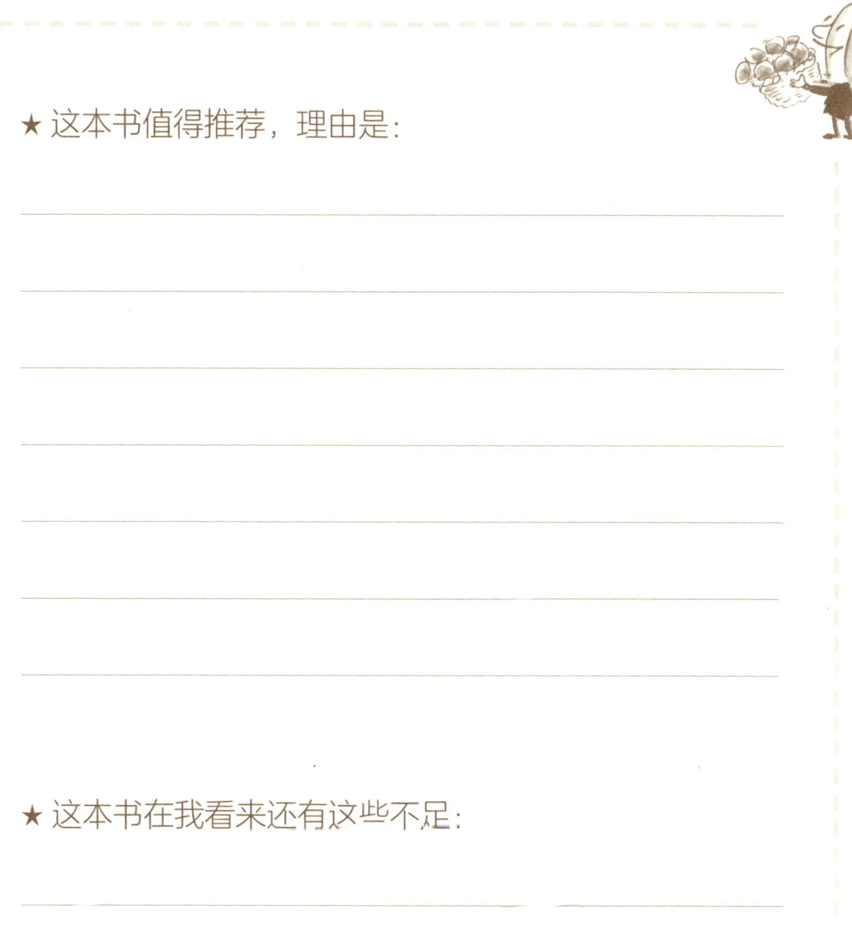

★ 这本书值得推荐，理由是：

★ 这本书在我看来还有这些不足：

书名：

日期：

提出问题

这几个地方我不太明白，写下来问问作者吧，或者和朋友们一起来一场头脑风暴！

书名：________________ 日期：________

了解作者

是什么样的作者创作出了这么有趣的作品呢?

他本人的经历和生平会和作品有什么联系吗?

作者的名字：________________

作者的国籍：________________

作者的出生年月：________________

★ 作者的代表作：________________

★ 其他我想了解的事：________________

____

★ 了解后的解答：________________

____

★ 了解后我印象最深的事：________________

____

★ 我的资料来源：________________

书名：________________ 日期：________

记录情节

读到喜欢的情节就记录下来吧！先填写地点、人物，再利用时间轴排好故事发生的先后顺序，最后用自己的话复述这个情节。

地点：________________

人物：________________

★ 时间轴

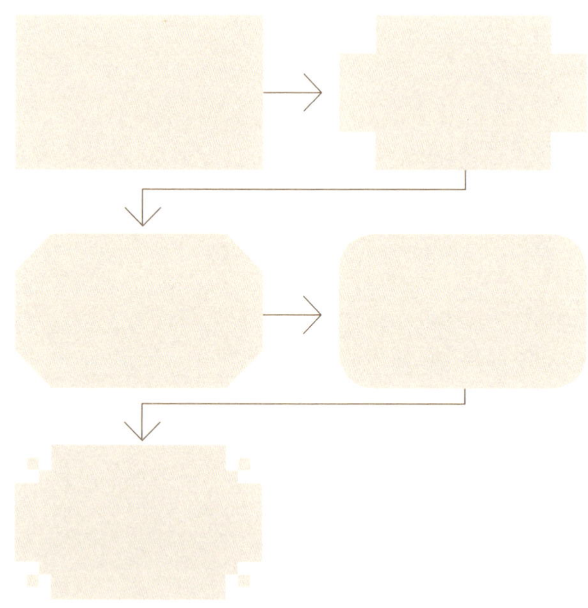

★ 情节复述

★ 情节绘画

书名：______________________ 日期：__________

分析人物

大大小小各种人物联系起来才能构成这个完整的故事。边读边填写人物列表，记录下每一个角色的名称、身份信息和性格特征。列完再选一个中心人物，画出他和其他角色之间的关系谱。

★ 人物列表

角色名称	身份信息	性格特征

★ 关系谱

如果我是主人公……

★ 选择一个情节，写出当天的日记：

★ 选择一个情节，写出和他不一样的做法：

★ 最后我想告诉读者：

书名：________________　　日期：________

摘抄学习

这本书里一定有还不认识的字词，不如写在这里，下次见到就可以告诉它："我记住你啦！"

★ 我最喜欢的一段话是：

★ 这段话非常棒，因为：

★ 它让我想到了生活中的……（一个人或一件事）

★ 我的仿写：

书名：______________________　日期：________

归纳总结

大功告成！我终于把书看完啦！用清晰明了的思维导图概括一下这个故事吧！

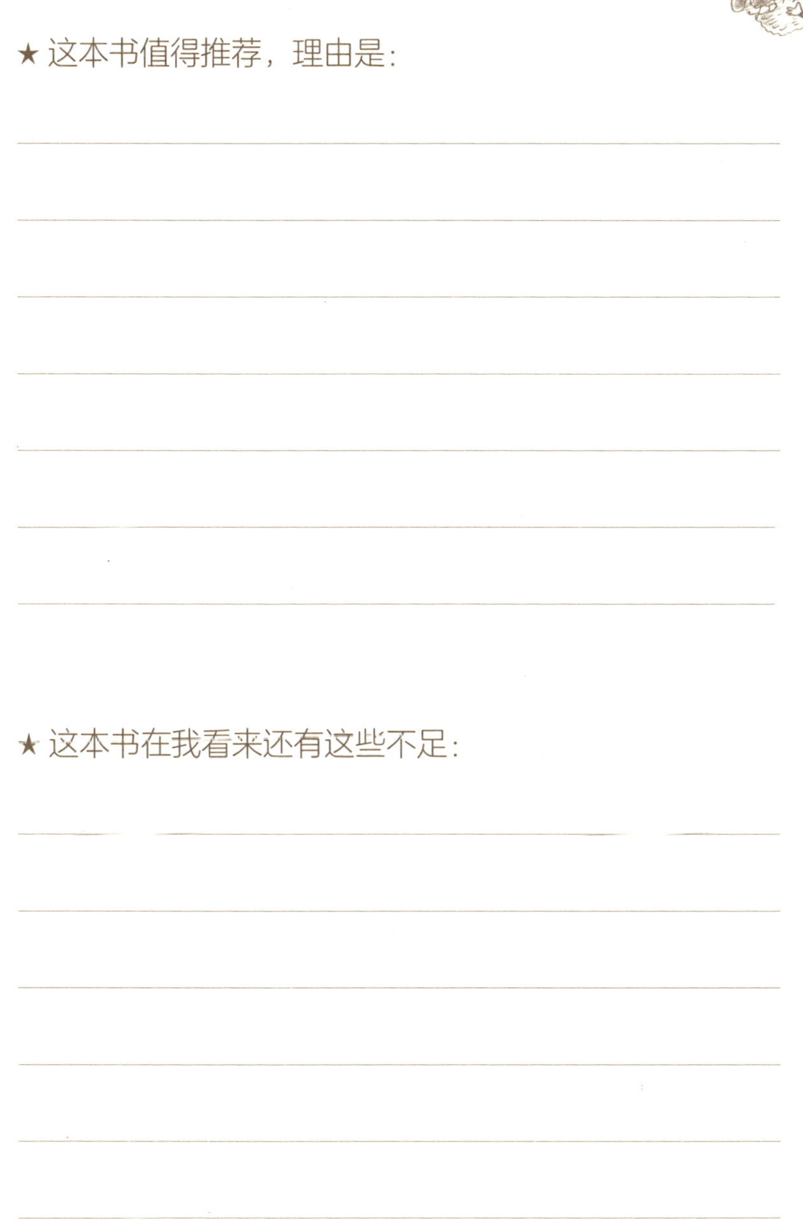

★ 这本书值得推荐，理由是:

★ 这本书在我看来还有这些不足:

书名：

日期：

提出问题

这几个地方我不太明白，写下来问问作者吧，或者和朋友们一起来一场头脑风暴！

书名：______________________ 日期：________

了解作者

是什么样的作者创作出了这么有趣的作品呢?

他本人的经历和生平会和作品有什么联系吗?

作者的名字：________________

作者的国籍：________________

作者的出生年月：________________

★ 作者的代表作：________________

★ 其他我想了解的事：________________

____

★ 了解后的解答：________________

____

★ 了解后我印象最深的事：________________

____

★ 我的资料来源：________________

书名：________________ 日期：________

记录情节

读到喜欢的情节就记录下来吧！先填写地点、人物，再利用时间轴排好故事发生的先后顺序，最后用自己的话复述这个情节。

地点：________________

人物：________________

★ 时间轴

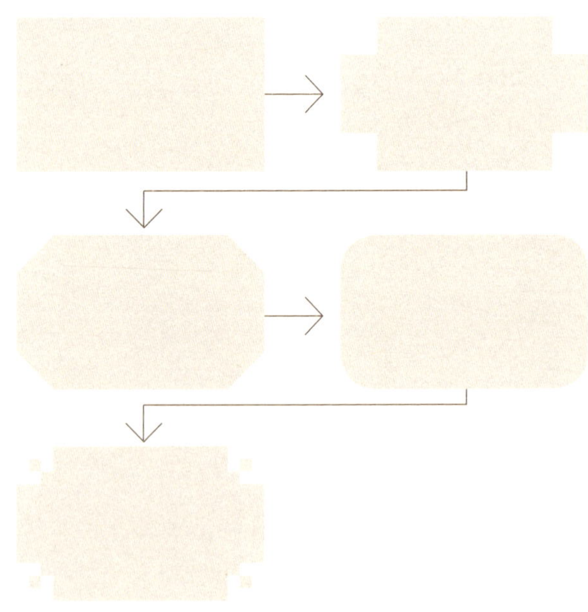

★ 情节复述

★ 情节绘画

书名：________________ 日期：________

分析人物

大大小小各种人物联系起来才能构成这个完整的故事。边读边填写人物列表，记录下每一个角色的名称、身份信息和性格特征。列完再选一个中心人物，画出他和其他角色之间的关系谱。

★ 人物列表

角色名称	身份信息	性格特征

★ 关系谱

如果我是主人公……

★ 选择一个情节，写出当天的日记：

★ 选择一个情节，写出和他不一样的做法：

★ 最后我想告诉读者：

书名：______________________ 日期：__________

摘抄学习

这本书里一定有还不认识的字词，不如写在这里，下次见到就可以告诉它："我记住你啦！"

★ 我最喜欢的一段话是：

★ 这段话非常棒，因为：

★ 它让我想到了生活中的……（一个人或一件事）

★ 我的仿写：

书名：________________________ 日期：__________

归纳总结

大功告成！我终于把书看完啦！用清晰明了的思维导图概括一下这个故事吧！

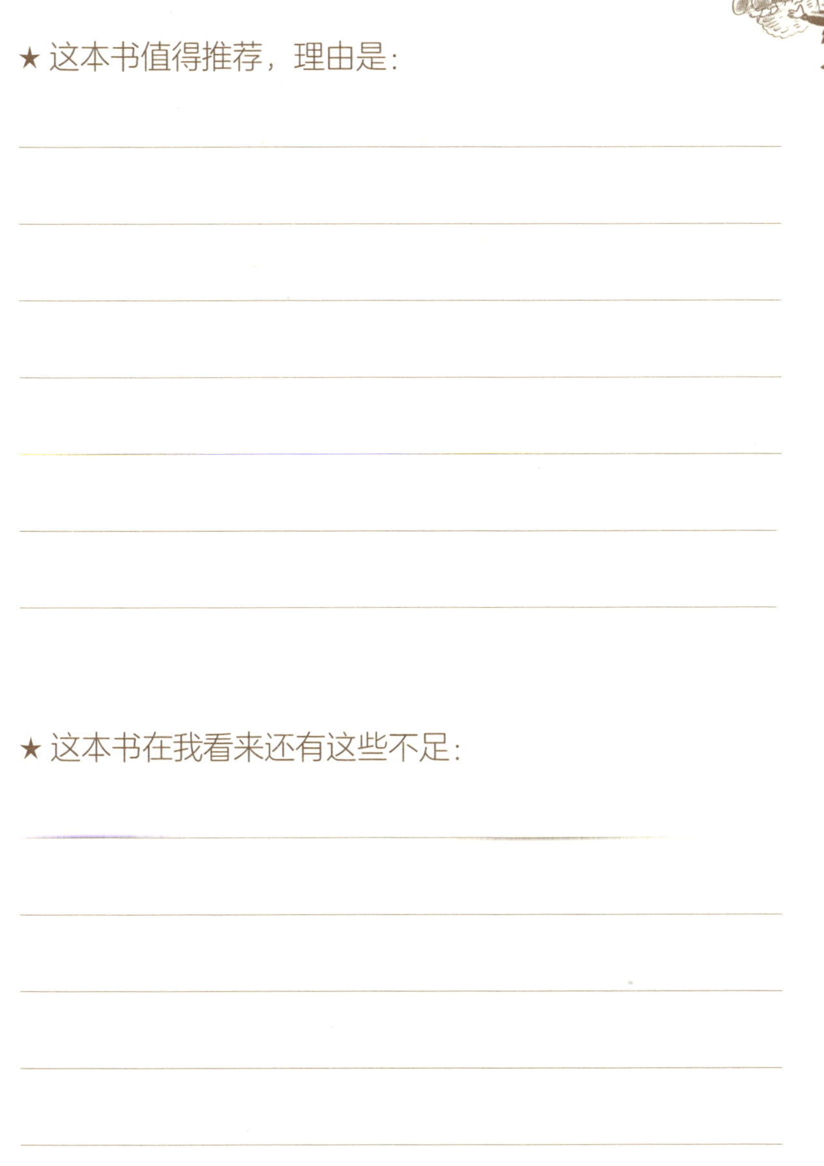

★ 这本书值得推荐，理由是：

★ 这本书在我看来还有这些不足：

书名：________________　日期：________

提出问题

这几个地方我不太明白，写下来问问作者吧，或者和朋友们一起来一场头脑风暴！